천천히 조금씩 너만의 시간을 살아가

우리 힘내자. 조금만 더.

하지만 너무 무리하진 말자. 우리에겐 많은 시간이 있잖아.

남과 비교하지 말고 너만의 시간을 살아가.

천천히, 조금씩.

천천히 조금씩

너만의 시간을 살아가

/ 글·그림 유지별이 /

이 책을 추천하며

이 책을 읽는 내내 어둡고 긴 밤의 터널을 보았다. 가장 괴로운 순간이라고 확신하며 지내온 나의 고등학교 시절이 여기에도 있었다. 그런데 웬걸, 자꾸 눈이 부시다. 눈이 멀도록 눈부신 순간들이 여기 있다. 그래, 그도 그럴 것이 별은 밤에 빛난다.

_퍼엉(『편안하고 사랑스럽고 그래』 저자)

그라폴리오 틴에이저 공모전에서 심사 위원 자격으로, 유지별이 작가의 그림을 처음 만났던 순간을 잊을 수가 없다. 십 대 소녀의 따뜻한 진심과 진솔한 글귀, 섬세한 색감에 마음이 일렁임을 느꼈다. 그 느낌은 분명 아름다운 보석으로 세공되기 전의 진귀한 원석을 발견한 듯한 희열이었다. 세상을 바라보는 그만의 따뜻한 시선이, 분명 당신의 마음을 다정하게 어루만져줄 것이다.

_양세은Zipcy(『닿음Touch』 저자)

강단에서 만난 대부분의 학생들은 더 빨리, 더 멀리 가고 싶어 했다. 그런데 이 책은 담담하게, 꿋꿋하게 그 반대를 말한다. 인생은 이렇게 나를 믿고 가는 것이다. 결코 쉽지 않겠지만 천천히, 조금씩 가도 정말 괜찮은 삶이 될 것이다. 마음뿐 아니라 몸도 고된 길을 이미 걷기 시작한 이 젊은 작가의 미래가 무척이나 기대된다.

_이현세(만화가, 세종대학교 만화애니메이션텍학과 교수)

나이가 드니까 감정적인 흔들림이 적어서 좋은 듯합니다. 유지별이님의 그림을 보니 과거에 제가 연약하고 감상적이었던 때가 생각나네요. 예쁘고 순수한 마음 간직하세요. 고맙습니다.

_그라폴리오 '수홍매'님

정말 옆에 있어주는 것만으로 위로가 될 때가 있어요. 그렇게 묵묵히 곁을 지켜주고 픈 마음을 전하고 싶었던 진심이 그림과 글 덕에 더 잘 느껴지는 것 같습니다. 앞으로 얼마나 더 좋은 작품들이 나올지 항상 기대되네요. 늘 응원합니다!

_그라폴리오 '쇼팽'님

그림이 너무 따뜻해서 위로받고 가요. 유지별이님 그림 너무 좋아요. 이런 말 드려도 될지 모르겠지만, 그림의 분위기만큼 정말 다정한 분이신 것 같아요. 사랑합니다. 항상 좋은 작품 응원합니다.

_그라폴리오 '어떤'님

지루한 일상을 채운
작은 행복들

어제 같은 오늘, 오늘 같은 내일을 사는 우리의 일상은 항상 조용합니다.
'다른 애들은 뭔가 하는 것 같은데, 나만 제자리에 머물고 있는 게 아닐까.
내 꿈은 뭘까.' 고민만 머릿속을 맴돕니다.

혼자 남아 걷고 있을 땐 불안정한 미래나 꿈에 대한 고민에 빠지기도 하죠.
친구들과 이야기하며 속마음을 털어놓고 싶지만
모두 비슷한 처지라서 꾹꾹 담아둘 수밖에 없습니다.

그런데 그 이야기들을 앞에 놓인 하얀 노트에 써 내려가며
지루하기만 했던 하루하루가 달라지기 시작합니다.
오늘 있었던 이런저런 이야기를 한 줄씩 기록하는 것,
그것이 하루하루를 살아가게 하는 힘이 되어주었습니다.

머리 아픈 걱정들은 잠깐 접어두고
차가웠던 일상에 작은 휴식을 그려보았습니다.

모든 것이 새롭게 느껴지던 봄,
소나기처럼 시원한 답을 찾아 헤맸던 여름,
잎을 떨구는 나무처럼 홀가분해지고만 싶었던 가을,
눈 덮인 세상처럼 머릿속이 새하얬던 겨울…
그 사계절의 발자국들을 지나 다시 맞이한 봄의 이야기.

이제 그 일기장을 한 장씩 펼쳐보기로 해요.

CONTENTS

봄

겨울

다시, 봄

"무엇이든 다 새롭게만 느껴져.

그게 두렵기도 하고 설레기도 해."

봄

입학식

설렘 반, 두려움 반으로 내디딘 한 걸음.
빳빳한 새 교복을 입고
형형색색 모아둔 공책들이 담긴 새 가방을 메고
낯선 교실로 발걸음을 재촉했어.

담임 신생님은 어떤 분일까
　　　　　우리 반 분위기는 어떨까
수학여행은 어디로 갈까
　　　　　급식은 맛있을까
친구는 사귈 수 있을까
　　　　　내가 좋은 친구가 되어줄 수 있을까
이번엔 더 잘할 수 있을까
　　　　　나만 뒤처지진 않을까…

하얀 기대 반, 검은 걱정 반, 잿빛 발걸음.
그 위로, 봄바람이 불어오더라.

'넌 충분히 빛나고 있어.'
향긋한 꽃향기가 말을 걸어왔어.
봄을 찾아 이끌리듯 다시 힘차게 내디딘 한 걸음.

"잘할 거야. 힘들면 잠시 쉬어가도 돼.
　　　　우린 이제 시작이니까."

어색하지만 한 발짝

교실까지 이제 두 걸음.

사실은
그동안 실감이 안 났는데,
같은 교복을 입고 스쳐가는 다른 사람을 보니
꼭 낯선 땅에 혼자 떨어진 기분이 들어.

　그런데,
　　네 얼굴에도 묻은 어색함이 날 안심시키더라.

　　　　　　그런 네가 궁금해.
　　　　그러니까, 이젠 너에게 한 발짝 먼저 다가갈게.
　　　　　　　　　"안녕?"

햇
살
한
조
각
에
추
억
하
나

햇살이 참 따스한 날이야.

맑은 새소리,
살랑이며 볼을 간지럽히는 꽃바람,
반짝이는 빛의 조각들….

나무 그늘 틈으로 보이는 빛이 너무나도 예뻐서
눈이 부시게 웃던
너와의 이야기들이 떠올라.

가만히—

작은 추억들을

햇살 속에 심어두었어.

우유는 초코!

쉬는 시간 종이 울렸다.
이제부터
우유를 가장 맛있게 먹는 방법을 알려줄게!

이건 나만의 레시피야.

어떤 날의 별

꿈은 생각보다 멀리 있나봐.

잡힐 듯하면서도
저 너머에서 빛나기만 하고

보이는 것도 잠시,
곧 사라져버리고—

넌 마치 별 같아.

누군가에겐 희망이 되어주면서도
누군가에겐 마지막을 보여주잖아.

여
우
비

오늘따라 학교에 가득한 뿌연 봄 공기에
숨이 막힐 때쯤,

톡ᅌ
한 방울.

톡ᅌ
다시 한 방울.

그리고 쏴아아— ᅌᅌᅌ

햇무리가 진 포근한 햇살에 부서져 내리는
봄비가 주변을 메우기 시작했다.

여우비를 머금은 싱그러운 풀 내음이 한층 짙어지며
봄의 열기를 앗아갔다.

그제야 고개를 들어 하늘을 보았다.
너 나랑 통했니?

중간고사

방과 후의 포근한 공기와
창틈을 비집고 들어온 햇살이
무르익은 오후를 알렸다.

꽃을 피워내려 안간힘을 쓰는 나뭇가지들과
가방 안에 가득한 교과서들.

그 무게만큼이나
마음은 무겁지만

바람결에 살랑이는 나뭇잎 소리에
조용히 걸음을 멈추고 말았다.

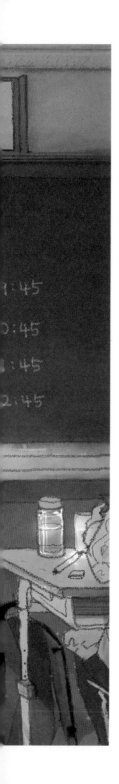

오 분 전, 심호흡

시험 시작 오 분 전.
우리 교실에는—

빠르게 책장이 넘어가는 소리,
시간을 쫓는 초침 소리,
반 친구들의 수다 소리,

그리고 이럴 때만 빨리 뛰는
누구의 것인지 모를 심장 박동 소리.

그 울림이 긴장감이 아니길 바라며
나는 숨을 크게 들이마시고, 내쉬고.

그
림
자
의
말
───

노을을 머금은 이불 속에 파묻혀 포근함을 들이켜다가
오후 햇살에 가만히 반짝이는 먼지들을 헤아렸다.

허공에 손을 뻗자
해를 등지고 무심히 나타난 그림자가 나에게 말했다.

그거 알아?
시험 기간엔 뭘 해도 재밌어!

저녁 아홉 시

무채색의 밤에 이따금 별들이 빛날 때

그 아래엔
그보다 반짝이는 벚꽃이 만개해
집으로 돌아가는 길을 화려하게 장식해주었다.

나무에 걸린 꽃들은
고소한 팝콘처럼 터질 듯이 부풀어 올랐다.

저녁 바람에 실려온 팝콘 조각을 잡아보려다,
내 손에 남은 허공에
나는 미래를 그렸다.

내일 영화나 보러 갈까.

반
짝

말 한마디가 한 사람의 인생을 바꾼다잖아.
그 말이 이해가 잘 안 됐었는데 이젠 알 것 같아.

괜히 손에 안 잡히던 일들도.
늘 똑같은 일상도.
너와 함께라면 설레고 즐거운 일이 돼.

그거 아니?
네가 해준 칭찬 한 번에
나는 무엇이든지 할 수 있을 것 같아.

너의 말 한마디가
내가 가진 무수히 많은 말들 중에
가장 반짝이고 있거든.

별
똥
별
이

부
러
워

늘 듣던 노래들이 지겨워질 때쯤,
이어폰을 귀에서 빼고

어느새 도착한 익숙한 길을 따라
조용히 바닥을 보며 걸었다.

평소엔 잊고 살던 고요 속에는
저녁이 밤으로 짙어지는 소리와
나의 무력감이 가득 차 있었다.

그때 저 멀리—
남색 수채화 물감이 떨어진 듯
어둠이 퍼져가는 밤하늘 언저리에
별똥별 하나가 아쉬움을 남기고 사라졌다.

있지, 난 네가 부러워.
이곳에 닿기 위해 스스로를 태울 만큼 그렇게 열정을 쏟는 게.

네가 봄인지, 봄이 너인지

널 만나러 가는 길은 언제나 설렘으로 가득해.

나도 모르게 두근거리는 이 마음을 눈치챘을 땐
넌 이미 내 마음속에 가득 차 있었지.

네 생각이 머물렀던 자리엔
항상 분홍빛 발자국이 남아 있어.

오늘따라 하늘은 더 푸르고
　　　어쩐지 먹먹했던 바람도 향기롭고
　　　　　　새벽에 내렸던 서리들도 별처럼 반짝거려.

네가 나에게 봄을 가져다준 거야!

그런 널 위해 속삭였던 내 마음을 가득 담은 한마디,

좋아해.

존재의 크기

들어봐.

내가 지금
이렇게 행복한 건

하늘이 푸르고
햇살도 따뜻하고
봄바람에 실려오는 꽃들의 미소도 아름답지만

지금 내 옆에
네가 있기 때문이야.

너와의 소풍

산뜻한 바람이 불어오던 날.

여기 봐!
하나
둘
셋
찰칵—

너와 함께 걸으며
이런저런 계산들은 다 하늘로 날려 보내고
그 순간만을 즐기던 날.

일기장 한 귀퉁이에 새겨놓은
그날의 푸른 풀 내음과 따스한 햇살을
나는 오랫동안 기억할 거야.

봄비가 내리던 날,
문득 이런 생각이 들었어.

비가 내린 뒤 맑게 갠 푸른 하늘을 바라보며
기분 좋게 따스한 햇살을 받고 있는 널 만날 수 있다면
봄처럼 포근한 네 웃음을 볼 수 있다면
얼마나 좋을까.

한 걸음
　　한 걸음
　　　　봄바람처럼 네 곁으로 갈 수 있다면
　　　　　　그날은, 가장 예쁜 꽃이 마음에 피어날 거야.

　　　　　　　　도란도란 꽃들의 이야기를 들으며
　　　　　　　　　　네 담담한 목소리를 떠올려.

그러고는,
비 온 뒤 선선하고도 깨끗한
바람을 흘려보내며
숨을 크게 들이마셨어.

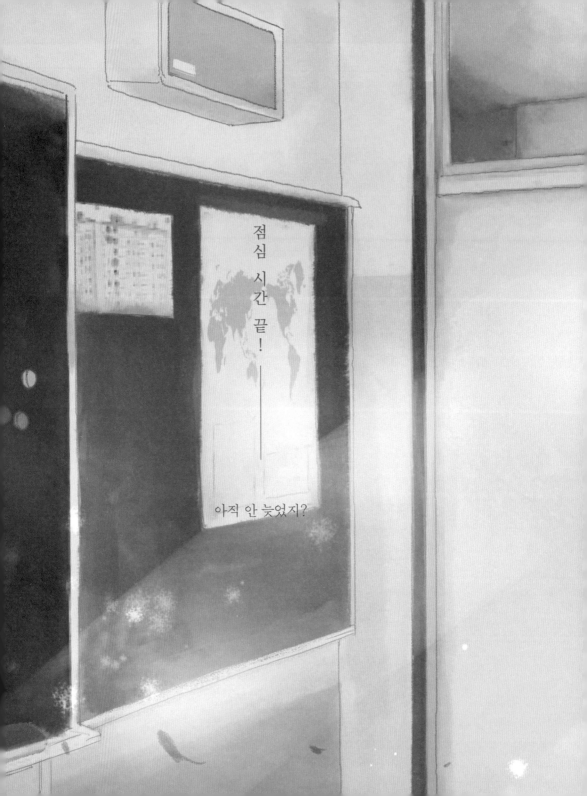

나
의
새벽에게

언제부터였을까?
우리가 친구로 지낸 게.

시간은 참 빠르게 흘러가는 것 같아.

자—
상상해봐.

05

앞으로 달이 두 번 눈을 깜빡일 때쯤엔

나는,

너는,

우리는,

또 어떻게 변해 있을까.

햇빛과 바람의 자장가

오후 네 시, 어느 나른한 봄날.

머릿속에서 할 일들을 정리한 뒤
종이를 펼쳤지만

허공에서만 맴돌다
다시 옆에 내려놓은 연필.

눈부시도록 하얀 빈 종이엔
　　　살포시—

　　　　　햇빛만이 그림을 그려갔고

바람이 살랑이며 내는 소리에
단잠에 빠져들었다.

스승의 날

허둥지둥 뛰어가던 등굣길,
늘 눈이 감기던 자습 시간,
쫓기듯 집중하던 수업 시간,
나른함에 풀어지던 점심시간,
집에 가고만 싶던 야자 시간…

그리고 어느샌가 들리는 따뜻한 목소리.

"너희는 할 수 있어.
지금은 힘들지만 조금만 더 힘내자.
선생님도 너희들이 다 잘되었으면 좋겠다.
그 힘든 시기를 이해하니까."

당연한 듯 받아온 관심과 애정을
현실적인 충고와 진심 어린 위로를
이젠 글로, 그림으로 써 내려가요.

선생님의 따뜻한 마음은
시간이 지나도 잊지 못할 거예요.

지금까지 감사했습니다.
그리고 앞으로도 잘 부탁드립니다.

마음은 창밖에

"자, 일어나자."

잠을 깨우는 선생님의 목소리와
나른한 봄기운에 저절로 감기는 눈꺼풀.

또박또박, 시 한 구절을 적어나가는 칠판 위 분필 소리가
책상 위로 흐르는 구름 조각에 덧씌워지자,
괜스레 푸른 하늘이 원망스러웠다.

선생님,
이렇게 날씨가 좋은 날엔 나가게 해주세요.

"길이 보였으면 좋겠다.

저 시원한 소나기 소리처럼."

여름

풍선을 타고

───

나의 꿈이,

멀리멀리— 날아가
저 하늘 끝까지 닿기를.

시
간
표

구름이 드리운 푸르른 그늘이
내 옷깃을 스쳤다.

있잖아,
아무래도 내 시간표는
너로 채워져 있는 것 같아.

새벽 여섯 시 반,
새벽빛 머금은 운동장에 집합.

설레는 마음으로
버스 창문에 기댄 채
눈을 감았다.

눈꺼풀에 차오르는 햇살에 눈을 뜨니
어느새 버스 안엔
햇빛 조각이 부서져 내리고 있었다.

"배고파."

소곤소곤 수련회의 밤

소곤소곤—
칠흑같이 어두운 하늘 아래, 수련회의 마지막 밤.

불이 꺼진 아득한 방 안엔
한여름의 눅눅한 밤공기와
작지만 또렷한 속삭임만이 남았다.

자?
아니, 안 자.
도란도란 시작된 소소한 이야기들.

냇물이 쏟아지듯 천지에 가득한 개구리 소리는
우리가 여름의 한복판에 있음을 알렸다.

우리의 두 번째 밤이 시작되었다.

여름밤의 향기

밤하늘 너머 아득히—
퍼져오는 건
무슨 향기일까.

조금 오래된 다락방의 나무 냄새와
달빛을 받아 반짝이는 먼지

그리고 습기를 머금은 듯 시린 풀 내음이
가득 실린 바람이 불어왔다.

한여름 밤의 향기일까?
누군가의 추억들로 만들어져
밤하늘에 수놓인 별꽃의 향기일까?

06

늘 그렇듯
평범한 하루일 뿐인데

오늘따라 바람은 왜 이렇게 푸르른지
또 햇살은 왜 이렇게 포근한지
왜 이렇게 자꾸만 웃음이 새어 나오는지

푸른 바람, 포근한 햇살

널 만나러 가는 길은
언제나 행복해서 그런가봐.

앗,
비
온
다

———

"같이 쓸래?"
용기 내서 건넨 한마디.

작 은 별

이 세상에서
내가 가장 힘들다고 느낄 때

이곳에서
내가 가장 외롭다고 느낄 때

어둠에 가려져서
앞이 전혀 보이지 않을 때

너는 내 손을 꼭 잡고 웃으며 말했어.

너는 지금 누구보다도 빛나고 있어.

주변이 어둠으로 가득하더라도
네 길을 찾아가길 바라.

그도 그럴 것이— 별은 밤에 빛나잖아.

여름비

푸른 비가 내리며
여름이 시작되려 해.

지금까지 참 열심히 달려왔어.
어색하기만 했던 새 학기를 지나
서로를 차츰 알아갈 때쯤

확실한 꿈도, 거창한 계획도 없고
아직 좋아하는 게 무엇인지도 모르겠지만
너희와 함께하는 시간이 마냥 즐거울 때쯤

비 오는 날의 초록빛 바람이
복도를 스치는 이곳도
나쁘지만은 않다고 생각했어.

너에게 가는 길

사실은 말이야,
너와 이 모든 순간을 함께한다는 게
난 너무 기뻐.

살포시—
네가 걸었던 길을 따라 걸었어.

조금 더 다가가
너에게 인사를 건네야지.

조금은 어색할지 몰라도,
네 표정이 궁금해서
네 목소리가 듣고 싶어서

한 걸음 더
너에게 다가갈래.

수
채
화
처
럼

마치 하늘에 떠 있는 것처럼
모든 게 내려다보일 때.

고요한 바다의 반짝임처럼
세상이 빛나 보일 때.

그 순간의 알 수 없는 감정은 바람이 되어
반복되는 일상 속으로 흘러들어
주변을 수채화로 물들였다.

쉬는 시간

달리고
또 달리다 지쳐
쉬어가는 시간.

계속 달리기만 하면 지치잖아요—
우리도 잠시 쉬어갈 시간이 필요해요!

햇빛의 토닥임

책의 마지막 한 장을 넘기면
'그렇게 모두 오래오래 행복하게 살았답니다.'
동화는 늘 그렇게 말해.

나조차도 모르는 나의 결말을
다른 사람들은 알고 있는 건지
열심히 하면 성공할 거래.

왜 아무렇지 않은 척했던 걸까.
작아지는 꿈을 외면했던 걸까.
마음을 열지 않았던 걸까.

그렇게 생각할 때
　나에게 살포시—
　　햇빛 한 줄기가 내려앉았어.

푸른
바
람
펜

나른한 오후 한 시,

　　　　익숙한 시간과
　　　　익숙하지 않은 하늘.

　　　　　무더운 칠월의 매미 소리가 여름을 채워갔고
　　　　　　땅의 후끈한 열기는 이글이글—
　　　　　　　　눈앞을 흐렸다.

지쳐 흐르는 땀에
한숨을 내쉬며 위를 올려다보자
푸른 바람 펜이 느리게—
길을 그려갔다.

초
록
빛
빗
소
리

팔월의 어느 날,
짙은 초록색 빗소리가 주변을 메웠다.

나는 모든 걱정을 실어—
깊은 숨을 내뱉었다.

스며드는 순간

언제부터였을까—

내 이야기를 진지하게 들어주는 네가 고마웠어.
행동 하나, 말 한마디에 진심을 다하는 네가 멋져 보였어.
모든 것에 솔직한 네가 대단했어.
어떤 말을 하든 내 자존감을 높여주는 너를 닮고 싶었어.

그렇게 하나하나 쌓이다보니
너는 나에게 이미 물감처럼 스며들어 있더라.

해
바
라
기
야

궁금한 게 있어.
너는 무슨 꿈을 가지고
매번 그렇게 하늘을 바라보는 거니?

닿을 수 없다면
좌절할 걸 너도 알잖아.

음—
하늘엔 말이야,
해가 있잖아.

바라보는 것만으로도
마음속에 빛을 담을 수 있으니까.

그래서 나는 늘 마음으로 해를 좇고 있어.

구름을 담은 우산

바다 향기를 머금은
여름 길을 보며

한 걸음.

푸른 바람이 전하는
잔잔한 파도 소리에

또 한 걸음.

그러다
우산에 흘러온 하얀 구름에
내 걸음을 멈추었다.

기
말
고
사

있잖아,
힘들고 지칠 땐
잠깐 내 옆에 기대도 돼.

네가 괜찮아질 때까지,
내가 웃을 수 있을 때까지 기다려줄게.

늘 옆에서
네가 어떤 마음이든, 어떤 모습이든
응원할 거야.

그러니까 힘내.

오후를 가득 머금은 교실은
나에게 넌지시—
따뜻함을 건네주었다.

여름방학

눈 깜짝할 사이
계절의 반이 지나가고 있어.

바삐 계획을 세우기 전에
한마디 해주려는 걸까.

귓가에 들리는 여름의 소리가
잠시 눈을 감게 만들고 말았어.

지금까지 고생 많았잖아.
수고했어.
오늘만은 푹 쉬자.

좋은 꿈 꾸길.

바람이 머물다 간 그늘,
녹음을 머금은 시원한 공기.

시린 강물을 흐르게 만드는
너의 맑은 웃음소리.

모든 게 너무나도 좋아서
두 손 가득 담아
지금을 간직하려 해.

"낙엽도 또 다른 준비를 시작하는 거야.

너도 그런 거지."

가

을

너를 닮아가는 계절

넣 만나기 전까진 몰랐어.

저렇게 푸른 하늘이 머리 위에 있다는 걸,
내가 이렇게나 많이 웃을 수 있다는 걸.

10

시간이 흘러 너의 계절을 내가 닮아가나봐.
그래서 이렇게 예쁜 가을이 찾아왔나봐.

알아줄래?

있잖아.

지금처럼 서로 걸음을 맞추고
또 눈을 맞출 때.

네가 나를 보며
기분 좋은 듯 살짝 웃는다면

그 순간 난, 너의 시간 속으로 달려갈 거야.

아까부터 나에게서
네가 모르는 소리가 들린다면

그건 다 널 좋아해서 그런 거야,
바보야.

세
상
을 담
은

유난히도 달이 밝던 날
집으로 돌아가던 길에 우연히 올려다본 밤하늘.

아무 말도 못 하고
아무것도 못 하는 내가 미워지려 할 때
넌 눈물이 되어 바닥으로 떨어지면서도
날 비춰주었어.

반짝이는 너의 웃음을 보니 그런 생각이 들더라.
'너도 많이 힘들었구나.'

그때 넌 내게 말했어.

'너는 나를, 세상을 담은 눈물을 가졌잖아.
난 언제나 네 편이니 힘들어하지 않았으면 좋겠어.

넌 이미

충분히

벅차도록 소중하니까.'

너는 나에게 별이야

하루가 다 지나갈 때쯤
별이 쏟아지는 밤이었어.

별들을 감싸주는 포근한 달빛을 보니
네가 생각나더라.

마음이 비어 있던 나에게
함께여도 늘 외로웠던 나에게

조그마한 별빛을 모아
두 손 가득 안겨주었잖아.

이번엔 내가 두 팔 걷고
너에게 빛을 가져다줄게.

'너는 나에게 별이야.'
이건 네가 해주었던 말.

'너는 나에게 늘 추억을 그리는 달이야.'
이건, 내가 너에게 해주고 싶은 말.

잘
하
고 있
는 걸
까

가끔 문득
내가 잘하고 있나
이 길로 가는 게 맞나 하는 생각이 든다.

날아가는 나비에게 물어보니
그저 앞만 보고 나아가란다.

잘하고 있는 건지
잘 가고 있는 건지 알 수 없지만

오늘도
그저
걸어보기로 한다.

바닥에 난 일직선을 빗겨 걸으며 물었다.

11

정해진 공식에 시간을 넣으면
내가 원하는 답이 나올까?

만들어낸 공식에 선택을 넣으면
후회하지 않을까?

어 둠 속 너 의 존 재

막연한 걱정에
알 수 없는 의무감에
많은 것들을 짊어졌지만

깜깜한 어둠이 가득한 곳에서
너만은,

그저 잘하고 있다고 토닥여주길.
내가 가는 길이 맞다고 응원해주길.
그저 안아주길.

선
물
이
야

———

꿈이 가득한 너를 보면
이 말을 꼭 해주고 싶어.
'넌 참 멋진 아이구나.'

내 곁에서 웃어주기만 한다면
저 달을 두 손 가득 담아
가장 소중한 너에게 줄 거야.

공부해야 되는데

나른한 일요일 오후.

공부할 책은 산더미인데
아— 하기 싫다.

느지막이 일어나,
연락 없는 핸드폰을 어김없이 붙들고 있다.

'이럴 바엔 운동이라도 하면 좋을 건데.'
라고 생각하며 숨쉬기 운동 중.

비
가
와
도　맑
　　음

매일이 행복하지는 않아도,

네가 있어 오늘도 웃는다.

따
뜻
해

힘내라는 말보다는
괜찮다는 말이 듣고 싶던 날.

포근한 햇살이 나에게 말을 건넸다.

'어떻게 매일을 꿋꿋이 버티기만 하겠어.

오늘 네 걱정은
여기—
나에게 묻어도 괜찮아.'

시
간 　여
행

시간이 훌쩍 지났어.

교문을 처음 들어섰던 때가 엊그제 같은데
어느새 졸업이 성큼 다가왔어.

그동안
나는 앞으로 나아간 걸까,

아니면 처음에게 빌린 꿈을 돌려준 걸까.

나에게 쓰는 편지

잠시
눈을 감아봐.

그리고 나에게
한마디 속삭여주자.

○

○

○

'수고했어, 오늘도.'

항상 빛나지 않아도 괜찮아

내가 지쳐 있을 때면
항상 밝게 웃어주고

내가 힘들어할 때면
매번 나를 위로해주는 너.

'너는 늘 빛을 내는구나.
그렇게 생각했어.

하지만
지칠 대로 지쳐
포기하고 싶은 마음이 들 땐
잠시만 빛을 꺼두자.

잠시만—
그렇게.

따뜻해지는 정류장

해가 작별 인사를 하고 날이 저물어갈 무렵,
아무리 기다려도 오지 않는 버스
그리고 걸려온 한 통의 전화.

'잘 지내니?'

'네, 저 잘 지내요. 조금 힘들지만 참을 수 있어요.
이 시기엔 모두가 힘들잖아요.'

살짝 웃으며 마음에 없는 대답.

13

힘들다, 힘들다
몇 번이나 마음속에서 외칠 때

우리 힘내자. 조금만 더.
하지만 너무 무리하진 말자.
우리에겐 많은 시간이 있잖아.
남과 비교하지 말고 너만의 시간을 살아가.
천천히, 조금씩.

초조한 마음을 감싸주는 따스한 바람이
주변을 맴돌았다.

가을을 보내며

떨어지는 나뭇잎이 아쉬워
지나가는 가을에게 괜히 물었다.

'벌써 가? 나 잘할 수 있을까?'

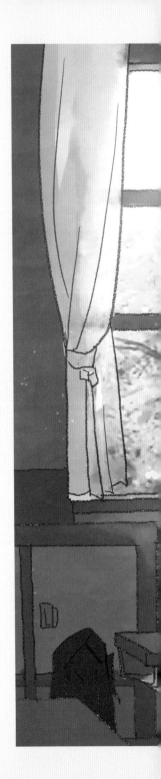

가
을
　눈
　꽃
───

시린 마음을 위로하며
터벅터벅 걷다 보니

이 계절이
그저 삭막하지만은 않다고 말하듯─

❄
❄

가을 눈꽃이 포근히 내렸어.

커 피 로 이 겨 낸 하 루

아침에 영어 단어 외우며
한 모금.

점심에 밀려오는 잠 깨려고
한 모금.

저녁에 틀린 문제 복습하며
한 모금.

그리고 온몸에 남은 커피 향기.

꽃
길
만
걷
자

학교 앞 카페에서 만난
소원 나무.

수능을 앞둔 이곳은
대학 이야기로 가득하다.

현실을 부정하며
참신한 글을 한번 써볼까
펜을 들었지만

나도 결국 대학 이야기만.

너의 소원은?

마지막 시험

이제 마지막 시험이야.
잘하자.
긴장하지 말고, 늘 하던 대로.

시험이 끝나면
가고 싶었던 곳들,
말하지 못한 것들,
문제집 끝에 작게 적어둔 것들 모두

다 할 수 있어.

。

。

。

그러니까 조금만 더 힘내자.

저
녁
달

ㅡ

해가 스르르 눈 감을 때쯤
조심스레 고개를 내미는 달.

잘 준비를 하는 나무들 사이를 지나 사뿐히 걸어온
푸른 저녁 달빛이 나에게 말했다.

☽

'오늘도 고생 많았어.

앞으로도
네가 날 슬쩍— 바라보기만 한다면
항상 네 마음속에서 이 길을 비춰줄게.'

"흰 눈이 내리고 세상도 흰색으로 변했어.

그러니까 지금은 아무 생각도 하지 말자."

겨울

지금은 광합성 중

낮과 밤의 경계.
마지막 햇살이 교실 창문으로 들어왔다.

책상 위엔 교과서 대신
　　　좋아하는 것들을 잔뜩 올려놓고

　　　　　나른한 햇빛의 인사를 받아주었다.

추억이 담긴 풍경

겨울 해가 따뜻하게 데워놓은
길을 걸었다.

우연히 마주친 추억이 담긴 풍경 속에서
푸른 하늘만큼 시원한 바람이 불어올 때
마음 가득 무언가 채워졌다.

위로를 받은 건지,
같은 풍경을 봤을 때의
내 눈빛이 기대돼서 설렌 건지.

달
에
게

별
에
게

──

달님, 별님,
제 소원은요─

벌써 입김이 ───

포근한 겨울 햇살이 주변을 감싸오자
시리도록 맑은 공기를 들이마셨다.

어느새
입김이 나오는 계절이 되었다.

자 기 소 개 서

겨울밤 불 꺼진 교실에는
창문을 비추는 하얀 달빛과
규칙적인 시계 소리만이 가득했다.

그 속에서―
추억인지, 아니면
현재인지 미래인지 모를 별들을 헤아리며
나를 찾고 있었다.

주변의 달빛으로 삶을 포장하며
나를 만들어갔다.

이 글의 끝엔 마지막이 있을까.

무지개

지난밤의 겨울비를 머금은
눅눅한 공기가 내려앉고

분홍빛 구름 사이로
살포시—
무지개가 고개를 내밀었다.

'오늘은 왠지 특별한 하루를 만들고 싶어!'

대충 걸쳐 입은 외투에, 빨라지는 발걸음.
좋아하는 노래가 흘러나오는 이어폰을 귀에 꽂고
'지금'을 향해 떠났다.

맛집을 알려줄게

내가 유명한 식당 하나 알고 있어!

매일 누군가 십 분 전부터 문 앞에 서 있고,
시간이 되면 다들 달려가고,
많은 사람들이 식판을 들고
이야기를 나누며 줄지어 기다리더라.

메뉴가 무엇이든
늘 활기가 가득한 곳이지.

아마 엄청난 맛집인가봐.

번
데
기

추운 겨울날, 이 옷만큼 따뜻한 건 없지!

그런데 말이야,
사실 여기에 어떤 의미가 숨어 있어.
모두들 찾아봐!

집
―학
교
―학
원
―집

집에선 잠만 자고
　　　　일어나 학교 가고
　　　　　또 학원 가고

다시 집에 오니
밤이 되었다.

괜찮아, 괜찮아

괜히
울적한 날이야.

누군가 내 마음을 알아줬으면 좋겠는데
내 이야기를 들어줬으면 했는데

욕심이었을까.
사람들은 내 이야기를 들어줄 만큼 한가하지 않은가봐.

그렇게 생각할 때
네가 소리 없이 내 곁으로 와서

괜찮아.

괜찮아.

괜찮아.

따뜻한 눈빛으로 날 토닥여주었어.

8

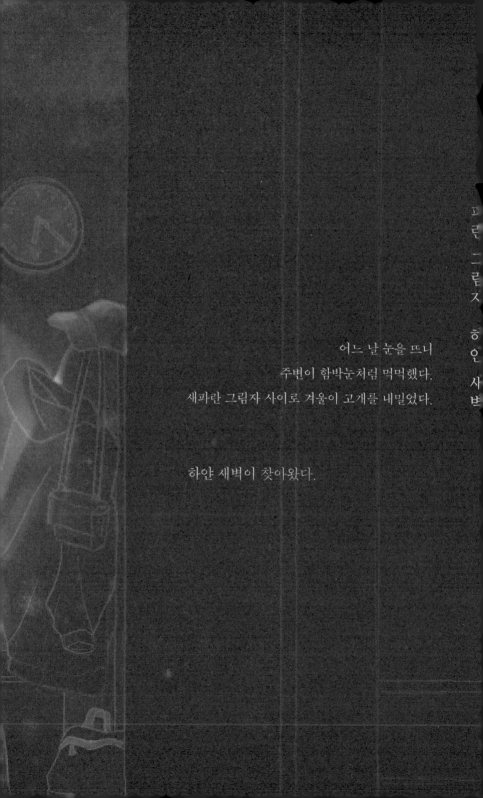

어느 날 눈을 뜨니
주변이 함박눈처럼 먹먹했다.
새파란 그림자 사이로 겨울이 고개를 내밀었다.

하얀 새벽이 찾아왔다.

봄을 기다리는 우리들

너와 이런저런 이야기를 하며 하늘을 바라보던 날.

해가 잠자러 갈 때쯤,
어슴푸레해지는 하늘에서
하얀 손톱달이 빼꼼 고개를 내밀더라!

그때였어.

차가웠던 눈송이들이
하나
둘
내 볼에 따스함을 새기고
저— 멀리 여행을 떠나기 시작했어.

'봄이 오려나봐.'

특별할 것 없었던 하루.
하지만 너와 함께여서 특별해진 그날.

예쁜 추억은 바람이 되어서
우리에게 기분 좋게 불어올 거야.

겨
울
방
학

오늘따라
창문으로 달빛이 밝게 비춘다.

겨울이면 찾아오는
낯선 외로움을 달래주려는 걸까.

º

º

º

달빛에 반짝거리는 작은 먼지들이
눈앞에서 별처럼 아른거렸다.

여행을 떠나요 ─

오랜만에 떠나는 가족 여행.
어젯밤에 무지막지한 계획표를 짜놓았지!

즐겨 보는 소설책 한 권,
　의무감에 챙긴 영어 단어장,
　　쓰다 만 노트,
　　　두 자루 연필,
　　　　앞부분만 푼 문제집…
이것저것 보이는 건 모두 가방에 넣어놓고

챙길 땐 무거웠지만
막상 출발하니
솜털처럼 가벼운 마음.

　　　　　　햇살이 주변을 물들이기 시작하자,
　　　　바람을 타고 흘러오는 따스한 나른함에
　한껏 고개를 들고 아침이 부르는 노래를 함께 흥얼거렸어.

이
밤
의
끝
을
잡
고

오늘따라 유난히 텅 빈 집에 나 혼자.

떨리는 마음으로
수험 번호를 입력했던 게 어제 일 같은데
이렇게까지 덤덤한 공기가 신기했어.

당연히 내 옆에 늘 있어줄 것만 같던 너도
매일 아침밥이라도 챙겨주려던 가족도
고운 정, 미운 정이 든 선생님도
지겹지만 편안한 이 거리도

모두 추억에 묻히는 걸까.

이제는 과거가 되어버린 졸업 앨범을 펼치자
괜히 더 즐거워 보이는 우리들.

내일이 되기 십 분 전,
아쉬운 마음에 일기를 남겼어.

우연일까.

우리가 이 시간의 밤하늘을
함께 보고 있는 게.

　　　밤하늘 속 무수히 많은 별들 중에
　　　서로의 별을 찾고 있다는 게.

　　　난 너의 별을 찾고 있어.

네 마음속에 내가 조금이라도 있다면
별빛을 켜줘.

　　　만약에 네가 켠 빛이 옅어서 잘 보이지 않는다면
　　　그땐 내가 밤하늘이 될게.

　　　그러니까 이젠 네 마음을 말해줄래?

폭설 주의보도, 빙판길 주의보도 무시하고
기쁜 마음으로 너를 만나러 가는 길.

눈사람아,

차갑지만 따뜻한 추억을 가진 너를
어떻게 싫어할 수 있겠니?

빛나지 않으면 안 되는 걸까

내가 빛나면
남들이 나를 좋아해줄 테니,

웃어야지.
잘해야지.
참아야지.

내가 뒤처지면
감당 못 할 외로움이 찾아올 테니,

행복해야지.
노력해야지.
높아져야지.

그런데 그냥…
빛나지 않더라도 나를 봐주면 안 돼?

겨
울
의

끝

겨울의 끝에서 이 이야기를 남긴다.

우리의 새벽에는

해가 채 뜨지 않은 겨울날.

　소리 없이 눈이 내리던 날.

　　눈물이 날 정도로 시린 칼바람이 불던 날.

겨울의 문을 열고 그 끝에 다다랐을 때,
우리의 새벽 속에는

네 웃음이 담긴 입김이
설렘이 담긴 목소리가
우리가 함께한 순간들이

　따뜻하게 남아 있을 거야.

　　나와 함께 있어줘서 고마워.

졸
업

춥고 긴 겨울이 지나고
서리 낀 창문을 따뜻한 봄이 살포시 두드릴 때쯤…

기억나?
벚꽃이 처음 내릴 때 우린 여길 걷고 있었어.
걱정 반, 기대 반으로.

그러던 게 엊그제 같은데 벌써 시간이 이렇게나 지났네.

이곳에서 울고, 웃고, 떠들던 우리는 이제 더 이상 볼 수 없겠지.
너희를 만나 함께 지냈던 그 순간순간은
내게 잊지 못할 예쁜 추억으로 남을 거야.

함께했던 그 기억들이
앞으로 나를 지탱할 커다란 나무가 되어줄 거야.

지금까지 즐거웠고… 고마웠어.
　　　나중에 꼭 다시 만나서 이야기해줘.
　　　　　네가 그동안 어떻게 지냈는지.

　　　　　　　그럼 그때까지 잘 지내. 안녕.

"서두를 필요 없어. 지금까지 잘해왔잖아.

하나씩, 차근차근 하면 되는 거야."

다시,

봄

봄의 진눈깨비

강 둔치에 앉아 무심히 고개를 들고
눈앞의 야경을 바라보았다.
봄을 찾아와 흩날리는 진눈깨비가
뿌연 가로등 빛을 스쳤다.

아직 실감이 안 나.
영원할 것 같았던, 그래서 무심코 지나쳤던 시간이 흘러
우리가 벌써 어른이래.

늘 함께 걸어왔던 길을 벗어나
나만의 길을 만들어갈 시간이야.

마음 맞는 친구도 사귀고
연애도 하고
꿈도 찾아가야지.

그렇지만 서두를 필요 없어.
지금까지 잘해왔잖아.
하나씩 차근차근 하면 되는 거야.

오
늘
은
이
사
하
는
날

차곡히
발 앞에 놓인 박스들.

창문으로 들어오는 따스한 햇살에
　　　누군가의 분주함이 비친듯
　　　　　　먼지가 아른거렸다.

'이걸 언제 다 정리하지….'

다시, 봄

'저쪽 건물인가?'

많은 사람들 속에서
조심스레 걸음을 옮겼다.
새로운 우연을 기대하며 고개를 들었다.

　　　　헤어짐 뒤엔 또 다른 만남이 있다고 하는데,
　　　앞으로 어떤 만남이 생길까.
또 어떤 도전을 하게 될까.

　　　　두려움을 앞선 설렘이 눈앞을 메웠다.
　　　　　　내 미래가 정말 궁금해.

내
일
은　미
　　팅

떨리면서도 어색한 만남.

첫 만남인데 꾸미는 게 낫겠지?
아니야. 그래도 편한 게 좋아.

그래서 내일은 뭘 입을까?
머릿속은 갈팡질팡.

너와의 모험

너와 함께
처음 보는 한적한 골목길을 헤매다
어느 초등학교 앞 오래된 문구점에서 산 비눗방울.

'우리 진짜 새내기 같다.'
괜스레 느껴지는 뿌듯함.

낯선 옥상 문을 열고 들어가
비눗방울 하나하나에 꿈을 실어 날려본다.

저 멀리—
하늘 끝까지 날아라!

우 정 여 행

봄의 따스함으로 가득 차 조금 답답했던 기차에서 내리자
파란 하늘이 비친 바다는 유리처럼 투명했다.

살랑이는 봄바람에
흐드러지게 핀 유채꽃이 흩날렸다.

우리 지금까지 많이 힘들었지.

그럼에도 그 순간들이 그리워지는 건
힘든 길을 함께 걸었기 때문일 거야.

그때 네 한마디가 나에게
무엇보다 빛나는 웃음을 가져다주었기 때문일 거야.

누가 더 힘들었는지는 겨루지 말자.
예쁜 말들로 이 순간을 채우기도 벅차니까.

너와 함께하며 즐거웠던 것, 속상했던 것, 행복했던 것 모두
나에겐 소중하니까.

대
망
의
M
T

한적한 숲속 펜션의 아침.

푸른 잎사귀 틈새로 비친
싱그러운 햇살 한 줌이
아침을 알렸다.

방 안에 감도는 고요함 속에서
우리는 하나 둘,
눈을 뜨기 시작한다.

애들아, 살아 있니?

과
제
의
늪

딸랑—

누군가 문을 열자,
주황빛 조명에 은은한 커피 향기가 실려왔다.

뻐근한 고개를 들어 시계를 보니, 밤 아홉 시 사십 분.
무거운 침묵을 깨고 잔잔한 음악이 들리기 시작했다.

가방 위에 살포시 내려앉은 벚꽃 잎을 두고
다시 노트북 화면으로 시선을 돌렸다.

이상하다.

원래 벚꽃이 저렇게까지 예뻤나.

방
목

자유로운 것 같기도 하고,

아닌 것 같기도 하고.

책임의 무게는 생각보다 무겁나봐.

오늘도 역시

내 역할을 찾아가기 바쁜 하루가 시작되었다.

밤바다 등대

그거 아니?
애써 만든 인연보다
늘 내 옆에 있어주는 네가 더 소중해.

당연한 말처럼 들릴지도 몰라.
그런데 몰랐어.
아무리 주변에 많은 사람이 있어도
외로울 수 있다는 걸.

밤바다의 썰물처럼 밀려온
공허함이 하루를 채웠을 때—

가장 먼저 달려와주던 네가,
　　함께 아파해주던 네가,
　　　　어딜 가든 나와 함께하던 네가,
　　　　　　잔잔한 빛으로 마음을 비춰주던 네가,

　　　　　　　　나에게 가장 소중하다는 걸.

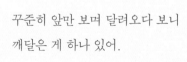

아르바이트 끝

꾸준히 앞만 보며 달려오다 보니
깨달은 게 하나 있어.

어른이 되어도 서툰 건 똑같구나.
좀 더 발전한 나를 보면서도
아무것도 모르던 때가 그리워질 수도 있구나.

아무렇지 않은 척한다고
아무렇게나 대하라는 건 아니었는데.
서툴게라도 마음을 숨기지 않았던 때가
오히려 좋았을지도 몰라.

그래도 오늘 돈 벌었으니까 괜찮아.
괜찮은 거야.

°

°

°

그런데 갑자기 엄마, 아빠가 보고 싶네.

동
아
리

"안녕하세요!"

아침의 시린 공기를 머금은 어두운 복도 끝,
닫혀 있던 문을 조심스레 열고 마주했던
어색했던 첫 만남, 첫마디.

간지러운 마음은 뒤로하고
한번 용기 내서 다가가보는 거야.

일상에 새로운 기억들을 채워가며
서로에게 마음을 여는 우리를 보고 싶어.

그렇게 한 발짝씩 다가가면
어느샌가 아무렇지 않게 함께 웃고 있지 않을까?

지금처럼 말이야.

그냥 하고 싶은 대로 하면 되는데
그게 잘 안 돼.

분위기에 맞춰 짓는 어색한 웃음,
진심이 아닌 말을 내뱉는 순간,
생각만 하다 하지 못한 일들….

주변에 맞춰가기만 하다가
내 맘대로 나를 움직이게 할 수도 없는 나는
바보인 걸까.

음—
난 있잖아.
그렇게 스스로를 잘 알고 있는 네가,
너에게는 엄격하면서도 남에게 했던 쓴소리 한 번에 아파하는 네가,
이 이야기를 나에게 솔직히 털어놓는 네가 좋은데.

그러면
나도 바보인 걸까.

소중한 존재

어느 날,
방 안 서랍 깊숙한 곳에서
편지 더미를 찾았다.

안녕, 오랜만이야.
늦어서 미안해.
사실은…

잠시 여유를 잃었었나봐.
주변의 소중한 것들이 보이지 않았어.

너는 늘 이 자리에 그대로 있었는데.

우 주
공 강

나른한 햇살이 볼 위를 스쳤다.
작은 빛 조각을 피해 그늘에 고개를 묻자
아직 바깥의 시원함을 품고 있는 겉옷이
포근하게 얼굴을 감싸왔다.

일 교시가 끝나고,
바삐 달려온 만큼 몰려오는 졸음.

다음 시간까지는 꽤 많이 남았잖아.
잠깐만, 잠시만 잘게.

딱 십 분 뒤에 깨워줘.

네가 상상도 하지 못한 풍경이
지금부터 펼쳐질 거야.

깊은 밤의 별빛이 가득한 은하수
그리고 달빛이 스며든 바람이

우리를 부르고 있어.

자, 이리 와.
내가 널 누구보다 행복하게 만들어줄게.

나와 여행을 떠나보지 않을래?

오늘도 분주히

덜컹덜컹—
끼익.

'이번 역은 2호선 열차로 갈아타실 수 있는
○○역입니다. 내리실 문은—'

지하철 문이 열렸다.
지하의 소란스러움이
오히려 고요하게 느껴질 즈음
문이 닫히기 전에
밖으로 분주히 걸음을 옮겼다.

늘 그래왔던 것처럼.

겨울의 빛깔

한 걸음,
발자국 위로 겨울빛이 차올랐다.

두 걸음,
드리운 햇빛 사이로 웃음꽃이 피어났다.

종강

마지막이라는 건 항상 실감이 나지 않는 것 같아.

그리고 끝이 다가올 때서야 생각나는 게 있어.

혼자였다면 하지 못했을 것들.

너와 함께였기 때문에 할 수 있었던 것들.

언젠가 주변을 둘러봤을 때

우리가 서로 다른 곳을 걷고 있더라도

단지 나의 시간과 너의 시간이 다를 뿐이니까

초조해하지 않았으면 좋겠어. 우리 둘 다.

네가 있어서 기쁠 땐 기뻐하고 슬플 땐 슬퍼할 수 있었어.

나의 시간 속에서 내 도전을 지켜봐줘서 고마워.

지금까지 정말 수고 많았어.

시간이 더 지나면

우리가 서로 꿈꾸는 곳에 한 발짝. 다가가 있기를.

함께 걸었기 때문에
그리운 순간들

'살면서 당연하게 지나치는 순간들도 다 기억할 수 있다면 참 좋을 텐데.'
그런 생각이 문득 들었어요. 반복되는 하루하루에 익숙해지는 만큼
과거의 분위기와 감정들이 희미해지는 걸 느꼈거든요.
그래서 '지금'의 생각을 담아 일기를 쓰고 그 여운을 그리기 시작했습니다.
언젠가 시간이 지나 그날의 감정이 많이 엷어져 있더라도
'이런 일도 있었지' 하며 추억할 수 있도록요.

이 책에 담긴 일기 같은 그림들을 그리며 느낀 점이 참 많아요.
지금 와서 보면 별것 아닌 일에도 누군가는 함께 기뻐해줬고,
누군가는 진지하게 위로해줬고, 아무도 없어서 혼자 끙끙 앓았던 적도 있었죠.
그럴 때마다 하루를 끝내며 다짐했습니다.
'나도 누군가에게 힘을 주는 친구가 되어야지'라고요.

곁에 나를 생각해주는 사람이 있다는 건 큰 행운이라고 생각해요.
당신에게 제가 그런 존재가 되고 싶다는 건 조금 욕심이겠지만
저를 견디게 해준 이 이야기만큼은 당신에게 힘이 되었으면 합니다.

가끔 일상에 지쳐 마음이 힘들 때 이 책이 위로와 휴식이 되어준다면
정말 기쁠 것 같아요. 책을 펼쳤을 때 빛나던 추억을
잠시나마 마음속에 품으실 수 있기를 바랍니다.

2019년 봄,
유지별이

천천히 조금씩 너만의 시간을 살아가

초판 1쇄 인쇄 2019년 2월 20일
초판 1쇄 발행 2019년 3월 4일

지은이 유지별이
펴낸이 김선식

경영총괄 김은영
기획 윤세미 편집 이현주 크로스교정 한나비 디자인 심아경 책임마케터 이유진
콘텐츠개발3팀장 윤세미 콘텐츠개발3팀 심아경, 한나비, 이현주, 박화수
마케팅본부 이주화, 정명찬, 최혜령, 이고은, 이유진, 허윤선, 김은지, 박태준, 배시영, 기명리
저작권팀 최하나, 추숙영
경영관리본부 허대우, 임해랑, 윤이경, 김민아, 권송이, 김재경, 최완규, 손영은, 김지영

펴낸곳 다산북스 출판등록 2005년 12월 23일 제313-2005-00277호
주소 경기도 파주시 회동길 357 3층
전화 02-704-1724 팩스 02-322-5717 이메일 dasanbooks@dasanbooks.com
홈페이지 www.dasanbooks.com 블로그 blog.naver.com/dasan_books
종이 (주)한솔피앤에스 출력·인쇄 (주)갑우문화사
ISBN 979-11-306-2098-5 (03810)